慢慢的世界

Wait for the Bloom

圖・文／蘇 飛

作者簡介 / 蘇飛

本名廖秀慧。馬來西亞麻坡人。一半夢想一半生活。

喜歡被創作和夢想填滿生活，也愛宅在家等家人回來的時光。

喜歡電影，所以開始寫故事。

在寫小說前，寫電視劇及電影劇本，並曾任兩部系列長篇動畫編審。

喜歡創作，已出版青少年書籍十二部及繪本兩部。

繪本創作於我是有意義且有趣的，希望能畫出好玩、有意思的繪本。

窮一生追尋生命的意義，雖模糊卻篤定地走下去。

願大家能在我的繪本中找到自己的感動。

FB 粉絲專頁：蘇飛的世界

推薦序
等待是美好的

吳國強（馬來西亞繪本推動者）

在這本《慢慢的世界》裡，故事由一位小女孩凝望著葉子上的一顆卵而展開。小女孩一秒復一秒，一日復一日的觀察和靜待。其內心好奇著卵裡藏的是什麼生物？掙扎著為什麼它那麼久都還不出來？破繭前，又是否會有什麼預兆？小女孩腦海裡充滿著疑問。但是很肯定的，小女孩從中已經領會了「等待」的意義，更明白世間有些事物和現象都有其一定的法則，當時間一到，它自然就會發生，我們再著急也急不來，若來了擋也擋不住。

這樣的一個經驗，給予了女孩小小的啟示，讓她聯想到了自己。她發現自己的世界都是被外面的「快」包圍著，接球要快、吃霜淇淋要快、學發音要快、老師的話要記得快、跑步也要快。她的日子幾乎被「快」困得窒息了，被「快」追得好想躲起來。

她最嚮往的，是大自然世界裡的每一事每一物。花草樹木隨著它們的節奏與步伐長大。太陽、小雨、風兒也是很自由自在，隨性地照射、撒、吹遍整個世界。因此，小女孩明白了有些事情絕對快不來，等待，是唯一的方法。事實不正是如此嗎？等待，讓我們不會錯過被「快」追逐的景和物，且更有機會感受等待期間的憧憬和期待，同時小女孩也體會到媽媽說的：等待是美好的。

小女孩決定繼續等待。她每一天耐心地默默等待，終於讓她見證了那一顆小卵的蛻變，是蝴蝶？是蝸牛？是螞蟻？對讀者來說已經不重要了，因為來到故事的結局時，讀者已經和小女孩一樣，完全意會和體會到慢慢等待的意義。

另外值得一提的是蘇飛勇於嘗試以各種不同創作手法，來加強故事意境和氣氛營造，她曾以水墨畫的方式創作《好悶好無聊的小芯》，以水墨技巧呈現真實／夢幻兩種意境。如今在這本《慢慢的世界》中，以彩色筆作為主要圖的展現，更巧妙地運用了拓印的手法，展現草叢，樹葉，盆栽等植物，加強了圖中植物的真實感，也拉近了讀者和想像世界的距離。

閱讀這本繪本，小讀者會對「慢慢」和「等待」有所領悟。我深覺好繪本絕對沒有年齡限制，成人也應該讀一讀，從中學著放慢腳步，靜心感受周遭世界，這樣我們就能更徹底地聆聽孩子的心靈呼喚。如此一來，我們和孩子大手牽小手，所走過的每個步伐，就更加有意義了。

吳國強

畢業於馬來亞大學中文系所碩士。成立推動說故事活動組織「故事總動兵」，積極推動親子講故事和教師說故事培訓。曾受邀到新加坡、印尼、泰國、越南、臺灣、韓國、印度等國際故事節授課和講故事。也受邀到幼稚園、小學以及書局說故事。曾出版全馬第一本品格教育繪本《不是我》，生命教育《不一樣的新年》，也是馬來西亞原創兒童歌謠《稚心》、《有你真好》歌詞撰寫人之一。

世界很慢……

慢 到 好 像 靜 止 了 。

我身邊的世界動得好快、好快。

我學了很久都不會接球。

吃 霜 淇 淋 時 ， 我 常 常 會 滴 得 滿 身 。

我很努力的學發音，
但一直學不好。

我好像常常忘記很重要的話。

老師說我時常在作夢，但我真的沒有。

跑 步 時 ，

我 總 是 比 人 家 慢 很 多 、 很 多 。

我 拼 命 地 跑 、

拼 命 地 跑 ，

但 還 是 追 不 上 我 的 朋 友 們 。

有時候我很想躲起來，
不讓人們發現我的存在。

為什麼世界一直在轉動？

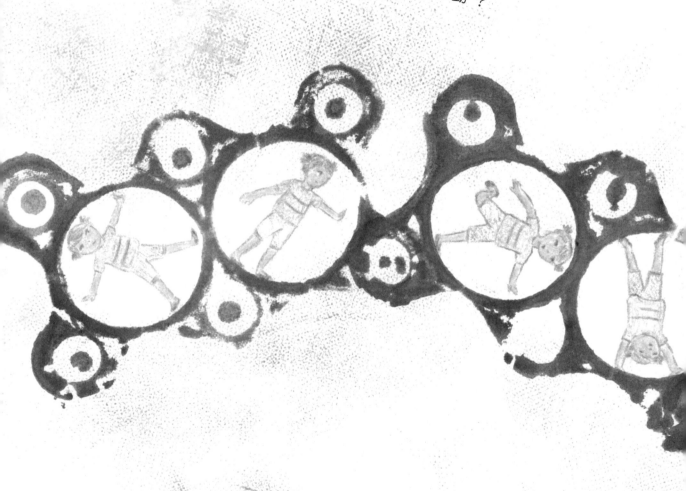

可以不要轉那麼快嗎？

花草的世界很安靜。

我喜歡花草安靜又有點神祕的世界。

我喜歡靜靜地躺在地上，
傾聽花草、大自然的聲音。

有 些 事 需 要 等 待。

我每天都在等、等、等。

媽媽說，等待是美好的。

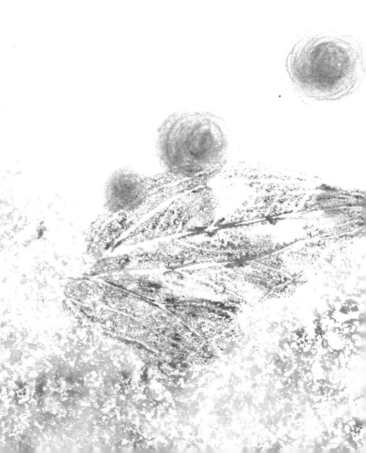

只要我們有耐心，

花兒自然會盛開。

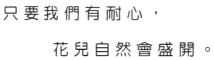

媽媽說她喜歡我慢慢的世界。

給讀者
的話

陪孩子體驗「慢慢的美」

蘇飛

你有沒有試過為了某個人費盡心思去做某件事？

比如為了感謝父母，親自做一張賀卡給他們？為了孩子生日，特地做他最喜歡的蛋糕？

創作《慢慢的世界》的出發點，正是這樣。這是一本為了孩子而畫的繪本。

我使用了與上一本作品《森林的一天》（秀威資訊，2019）雷同的手法，即「拓印」的方式創作，不過這回我加入更多雜七雜八的日常用品拓印。

除了樹葉，我還使用了檸檬、果蒂、杯子、藥罐、蛋托、香水瓶、保利龍、帆布等等，有些是拓印成圖畫，有的拓印成背景。我發現很多日常不曾在意的物品，居然都有變化成美麗圖案的潛力！

由於故事是寫給學習慢的孩子，因此我在創作過程中，不斷想著此前看過的孩子們遇到的問題。我想藉由這個故事告訴孩子和父母

們，只要認真學習，學得慢並不需要自卑、難過，因為每個人都有自己的成長步調。

作畫期間，我的心感到暖暖的。

願我們的孩子都能適性成長，別走得太快。慢下來，才能體會每一步的美和快樂。

附錄

來玩花草拓印吧！

蘇飛

葉子拓印首先當然必須找到葉子，那什麼樣的葉子適合做拓印呢？

由於大多葉子都能用來拓印，因此我就用排除法說明吧。

表面太多油脂，葉片太厚、硬或乾的葉子較不適合用來拓印，葉序不規則（輪生或叢生）也很難拓印出完整的圖形。

現在就開始一起來玩葉子拓印吧！

1. 準備材料

採集適合且喜歡的葉子，大致清洗一下，抹乾。

有了葉子，接下來要準備畫紙、顏料、畫筆、盛水用的杯子、衛生紙（用來按壓葉子）、調色盤。

我所使用的拓印材料都很普通，對於畫紙、顏料和畫筆都沒有要求，畫筆是已經不用的毛筆，調色盤也是廢物利用，是既經濟又簡易的拓印方式，大家在家都可以試試看哦！

2. 拓印

把想要的顏色混合調勻後，適量塗抹在葉子上。將葉子塗有顏料的那一面平整的「貼」在畫紙上，接著用厚紙巾或毛巾均勻按壓葉子。最後，小心地將葉子掀開來，葉子拓印完成！

3. 增添圖畫及背景

拓印好葉子之後，大家可以畫上自己喜歡的動物或圖畫，再添一點背景，
一幅簡單的拓印圖就畫好啦！

右邊是用某種葉子拓印出來的圖，是不是很漂亮？猜得出是什麼葉子拓印成的嗎？

世上沒有完全一樣的人，也沒有完全相同的葉子。用葉子拓印出來的圖絕對是絕無僅有的。大家可以試試看用拓印方式做一張獨一無二的別致卡片送給朋友或親人哦！

除了使用葉子，其他生活中的物品也能用來拓印。例如卷紙芯，能拓印成特殊的印章效果。

答案是木瓜葉喔！

你能想到用什麼物品來拓印嗎？歡迎到我的臉書專頁「蘇飛的世界」與我分享！

兒童文學 43　PG2174

慢慢的世界

圖‧文／蘇　飛
責任編輯／陳慈蓉
圖文排版／蔡瑋筠
封面設計／楊廣榕
出版策劃／秀威少年
製作發行／秀威資訊科技股份有限公司
114 台北市內湖區瑞光路76巷65號1樓
電話：+886-2-2796-3638
傳真：+886-2-2796-1377
服務信箱：service@showwe.com.tw
http://www.showwe.com.tw

郵政劃撥／19563868
戶名：秀威資訊科技股份有限公司
展售門市／國家書店【松江門市】
104 台北市中山區松江路209號1樓
電話：+886-2-2518-0207
傳真：+886-2-2518-0778

網路訂購／秀威網路書店：https://store.showwe.tw
　　　　　國家網路書店：https://www.govbooks.com.tw
法律顧問／毛國樑　律師

總經銷／聯寶國際文化事業有限公司
地址：221新北市汐止區康寧街169巷27號8樓
電話：+886-2-2695-4083
傳真：+886-2-2695-4087

出版日期／2019年3月　BOD一版　定價／200元
ISBN／978-986-5731-92-2

秀威少年
SHOWWE YOUNG

讀者回函卡

感謝您購買本書，為提升服務品質，請填妥以下資料，將讀者回函卡直接寄回或傳真本公司，收到您的寶貴意見後，我們會收藏記錄及檢討，謝謝！

如您需要了解本公司最新出版書目、購書優惠或企劃活動，歡迎您上網查詢或下載相關資料：

http:// www.showwe.com.tw

您購買的書名：_____

出生日期：_____年_____月_____日

學歷：□高中 (含) 以下　　□大專　　□研究所 (含) 以上

職業：□製造業　□金融業　□資訊業　□軍警　□傳播業　□自由業　□服務業　□公務員　□教職
　　　□學生　　□家管　　□其它_____

購書地點：□網路書店　□實體書店　□書展　□郵購　□贈閱　□其他

您從何得知本書的消息？

　　□網路書店　□實體書店　□網路搜尋　□電子報　□書訊　□雜誌　□傳播媒體　□親友推薦

　　□網站推薦　□部落格　　□其他_____

您對本書的評價：（請填代號　1.非常滿意　2.滿意　3.尚可　4.再改進）

　　封面設計_____　版面編排_____　內容 _____　文／譯筆_____　價格_____

讀完書後您覺得：

　　□很有收穫　□有收穫　□收穫不多　□沒收穫

對我們的建議：_____

_____

_____

_____

雨傘燈罩下
燈光雨

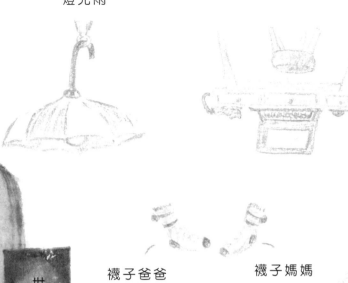

要試試看倒立的世界嗎？

慢與快是相對的

世界是慢的

襪子爸爸　　　　襪子媽媽

我的燈罩帽子

麵包爸爸

麵包小孩

你

為什麼「我」叫做「我」？

字好像在跳舞

地球真的是
圓的嗎？

老大
老二
老三

NO

杯子斜塔　　　　餅乾斜塔

對蝸牛來說，
所有的東西都很快嗎？